La gallinita roja y la espiga de trigo

Barefoot Books
2067 Massachusetts Avenue
Cambridge MA 02140

U.S. Cataloging-in-Publication Data (Library of Congress Standards)

La gallinita roja y la espiga de trigo / escrito por Mary Finch ; ilustrado por Elisabeth Bell;
traducido por Esther Sarfatti.
[32] p. : col. ill. ;   cm.
Spanish language edition.
Originally published as The Little Red Hen and the Ear of Wheat, 1999.
Summary: The traditional story of the little red hen who bakes a loaf of bread;
a recipe for whole wheat bread is included.
ISBN: 1 84148 087 8 (pbk.)
1. Folklore. I. Finch, Mary. II. Bell, Elisabeth. III. Sarfatti, Esther. IV. Title. V.
The little red hen. Spanish.
398.24/ 528617 E 21   2001   AC   CIP

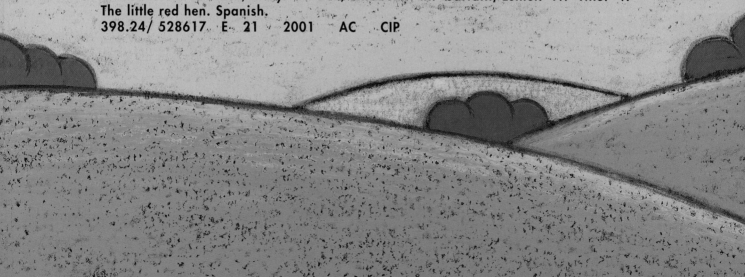

La gallinita roja y la espiga de trigo

escrito por
MARY FINCH

ilustrado por
ELISABETH BELL

Barefoot Books
Celebrating Art and Story

Había una vez un
gallo, un ratón y
una gallinita roja
que vivían juntos en
una casita marrón
con el tejado rojo.

Un día, la gallinita roja
encontró una espiga de
trigo en el suelo.
–Miren lo que encontré
–les dijo al gallo y
al ratón.

—¿Quién me ayudará a
plantar el grano de trigo?
—Yo no —dijo el gallo.
—Yo no —dijo el ratón.
—Entonces lo haré yo solita
—dijo la gallinita roja.

Escarbó en la tierra
y plantó el grano de trigo.
–¿Quién me ayudará a regarlo?
–Yo no –dijo el gallo.
–Yo no –dijo el ratón.
–Entonces lo haré yo solita
–dijo la gallinita roja.

Regó la tierra y esperó a que el trigo creciera. Brilló el sol y el trigo creció alto y derecho.

Cuando el trigo estaba
dorado, la gallinita dijo:
–¿Quién me ayudará a
cosechar el trigo?
–Yo no –dijo el gallo.
–Yo no –dijo el ratón.
–Entonces lo haré yo solita
–dijo la gallinita roja.

Recogió el trigo y lo puso en
una cesta.
—¿Quién me ayudará a llevar el
trigo al molino para convertirlo
en harina?

–Yo no –dijo el gallo.
–Yo no –dijo el ratón.
–Entonces lo haré yo solita
–dijo la gallinita roja.

El molinero molió el trigo hasta convertirlo en fina harina blanca.

—¿Quién me ayudará a hacer una masa con esta harina?

–Yo no –dijo el gallo.
–Yo no –dijo el ratón.
–Entonces lo haré yo solita
–dijo la gallinita roja.

Mezcló la harina con
levadura y agua para hacer
la masa.
–¿Quién me ayudará a trabajar
la masa para hacer el pan?

—Yo no —dijo el gallo.
—Yo no —dijo el ratón.
—Entonces lo haré yo solita
—dijo la gallinita roja.

Con la masa hizo un
precioso pan redondo.
–¿Quién me ayudará a meter
el pan en el horno?

–Yo no –dijo el gallo.
–Yo no –dijo el ratón.
–Entonces lo haré yo solita
–dijo la gallinita roja.

La gallinita metió la masa
en el horno para que
se dorara.
Pasado un rato,
sacó un pan dorado
y crujiente.

–¿Quién me ayudará a comer
este pan recién hecho?
–Yo te ayudaré –dijo el gallo.
–Yo te ayudaré –dijo el ratón.

–No, no me ayudarán
–dijo la gallinita roja–.
Me lo comeré yo solita.
Y así lo hizo.

—Vaya —dijo el gallo.
—Vaya —dijo el ratón.
—No me ayudaron
cuando se lo pedí
—dijo la gallinita roja—.
Así que me comí el pan
yo sola.

Pero cuando la gallinita roja
volvió a encontrar una
espiga de trigo en el suelo,

el gallo escarbó
la tierra y plantó
el grano,

el ratón
regó
la tierra,

y juntos, el gallo y
el ratón y la gallinita
roja observaron cómo
el trigo crecía alto
y derecho.

Juntos llevaron el
trigo al molino para
convertirlo en harina y
juntos hicieron la masa.

Y cuando sacaron el pan
del horno, el gallo y el ratón
y la gallinita roja se sentaron
a la mesa y comieron el
pan recién hecho —
¡y estaba delicioso!

CÓMO HACER UN PAN DE HARINA INTEGRAL

Es fácil hacer tu propio pan. El pan casero huele riquísimo y es delicioso. Para hacer un pan de harina integral como el de la gallinita roja, necesitarás lo siguiente:

Ingredientes
4 tazas de harina integral
2 cucharadas pequeñas de sal
2 cucharadas pequeñas de azúcar
1 cucharada grande de manteca
1 cucharada grande de levadura seca
1 1/2 tazas de agua templada

También necesitarás
un tamiz
un bol grande
un bol pequeño
una cacerola
una taza de medir
una cuchara de madera
una cuchara pequeña
una cuchara grande
un paño de cocina
una bandeja de horno
un cuchillo pequeño
y afilado

Método

1. Antes de empezar, ten todos los ingredientes y utensilios listos. Se trabaja mejor la masa en un lugar templado y sin corrientes. Además, debes asegurarte de que los boles estén templados y que tus manos no estén frías.

2. Pasa la harina por el tamiz encima del bol grande.

3. Usando los dedos, mezcla la manteca con la harina.

4. Pon la levadura en el bol pequeño. Calienta el agua en la cacerola hasta que esté templada, teniendo cuidado de que no se caliente demasiado. Añade dos cucharadas grandes de agua a la levadura, usando una cuchara pequeña para mezclarlo bien. Deja reposar esta mezcla durante cinco minutos. Cuando hayan pasado los cinco minutos, empezarán a formarse burbujas. Así sabrás que la levadura está activa. Añade el resto del agua a la levadura.

5. Con los dedos, haz un hoyo en la harina y vierte allí la levadura con el agua, usando una cuchara de madera para mezclarlo todo. Usa las manos para trabajar la mezcla hasta formar una masa suave que no se pegue al bol. Si ves que tus manos están muy pegajosas, usa un poco más de harina.

6. Saca la masa del bol y ponla en una superficie espolvoreada de harina. Amásala durante unos diez minutos, hasta que quede lisa y elástica.

7. Dale a la masa una forma ovalada y colócala en una bandeja de horno que previamente habrás untado ligeramente de grasa y espolvoreado de harina. Usa el cuchillo para hacer un corte en la parte de arriba del pan.

8. Cubre la masa con un paño de cocina limpio y déjala reposar en un lugar templado y sin corrientes durante unos 40 minutos, hasta que aumente el doble. Mientras esperas, precalienta el horno a 450° F. El horno estará muy caliente, así que debes pedirle a un adulto que te ayude a abrirlo. Para saber si la masa está lista, ponte harina en un dedo y presiónala suavemente. Si la masa vuelve a su forma original, significa que está lista. Pinta la parte de arriba con un poco de agua o leche.

9. Hornea la masa durante unos 30 a 40 minutos, hasta que haya crecido bastante y tenga un bonito color dorado. Para asegurarte de que el pan esté hecho, golpea ligeramente la parte de abajo con los nudillos, teniendo mucho cuidado de no quemarte. Si está hecho, sonará a hueco. Quita el pan de la bandeja y ponlo en una rejilla para que se enfríe.